JN193442

Life is……

人生を彩る幸福のエッセンス

Illustrations & Poems
葉 祥明

中央法規

第1章

愛

愛とは
寛《ゆる》しです
歓びです
平安です

愛とは
信頼です
安心です

愛とは
微笑みです

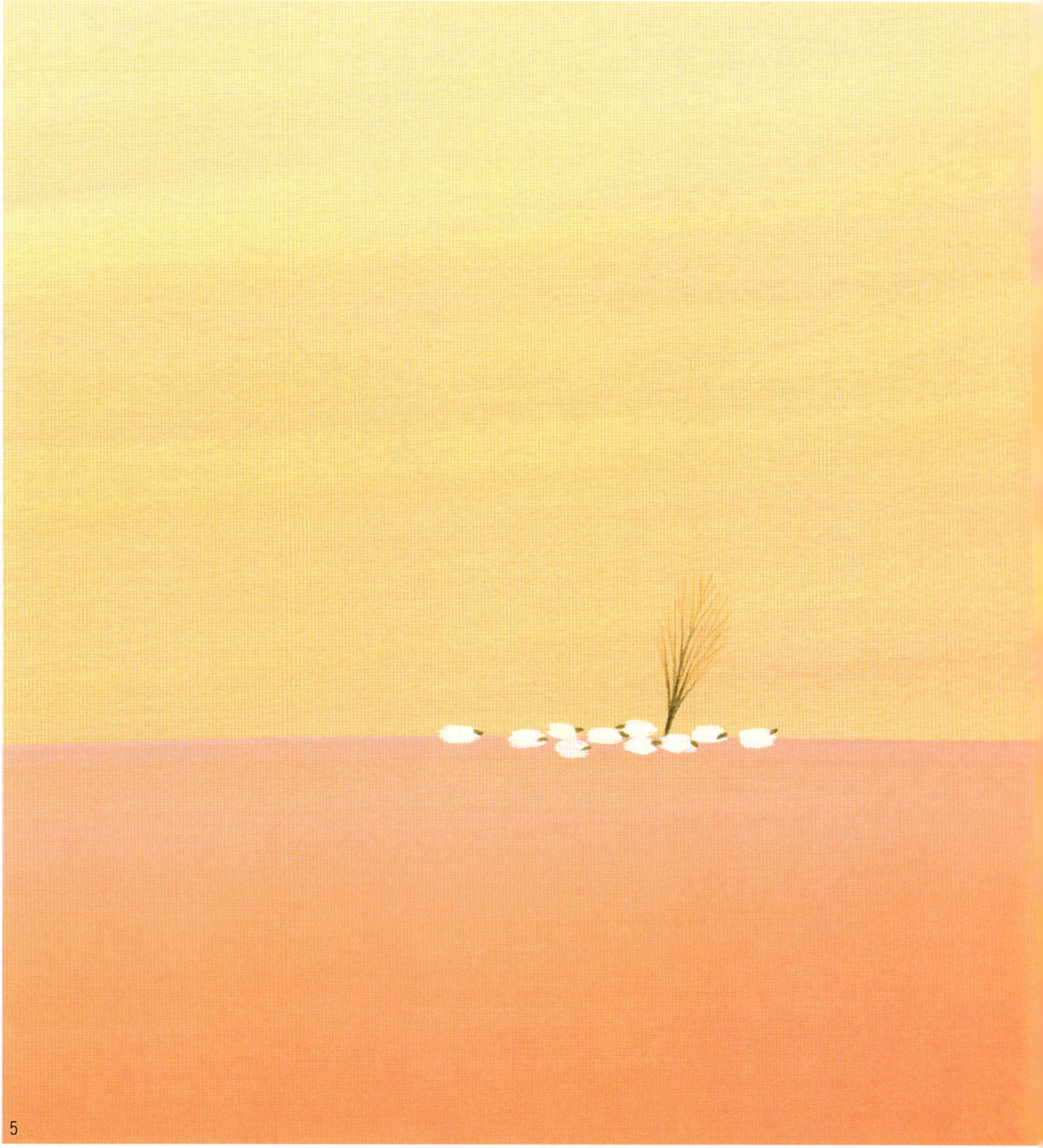

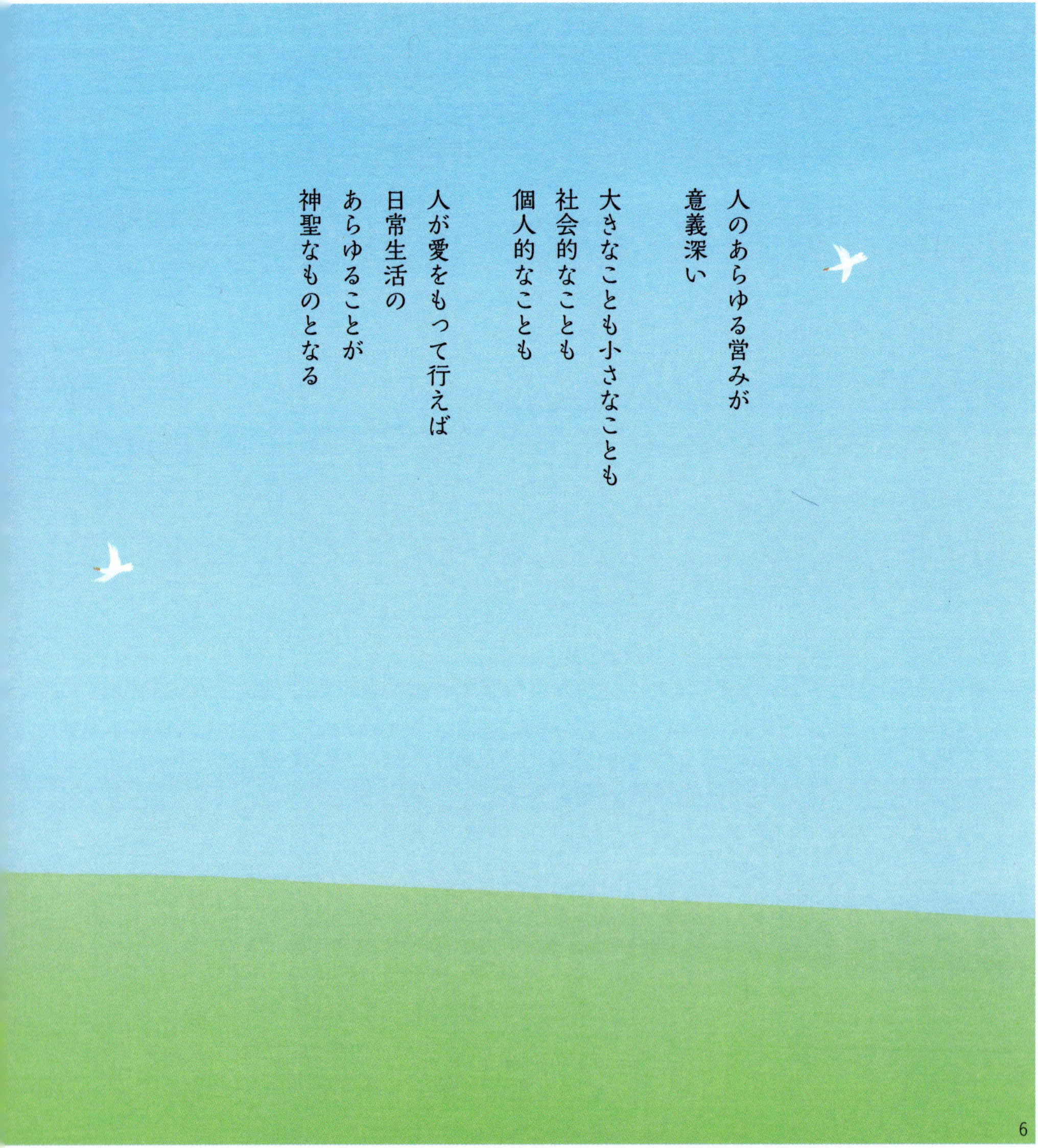

人のあらゆる営みが
意義深い

大きなことも小さなことも
社会的なことも
個人的なことも

人が愛をもって行えば
日常生活の
あらゆることが
神聖なものとなる

愛するということは
ひとことで言えば

相手の人のことを自分よりも
大切に思うこと
自分を大切に思うのと同じように
大切に思うこと

どちらにしても
素晴らしいことです

あなたは
特別な存在です
この世界にとって
かけがえのない人です

そして
全ての人が
おのおのに特別で
かけがえのない存在です

人は大切にされる
必要がある
どんな人もぞんざいに
扱われてはいけない
あなたは、自分自身に
敬意を払い、
大切にしていますか？

がんばってね！は
励ましの言葉

しかし
そんなに無理して
がんばらなくてもいいんだよ！
と言ってあげるのもまた
大切な励ましです

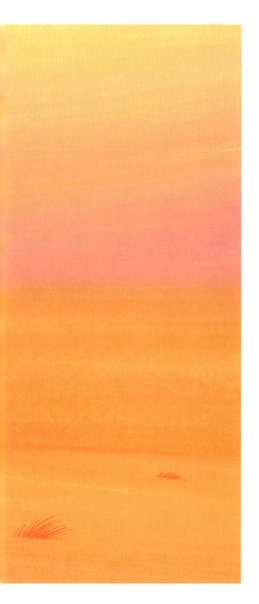

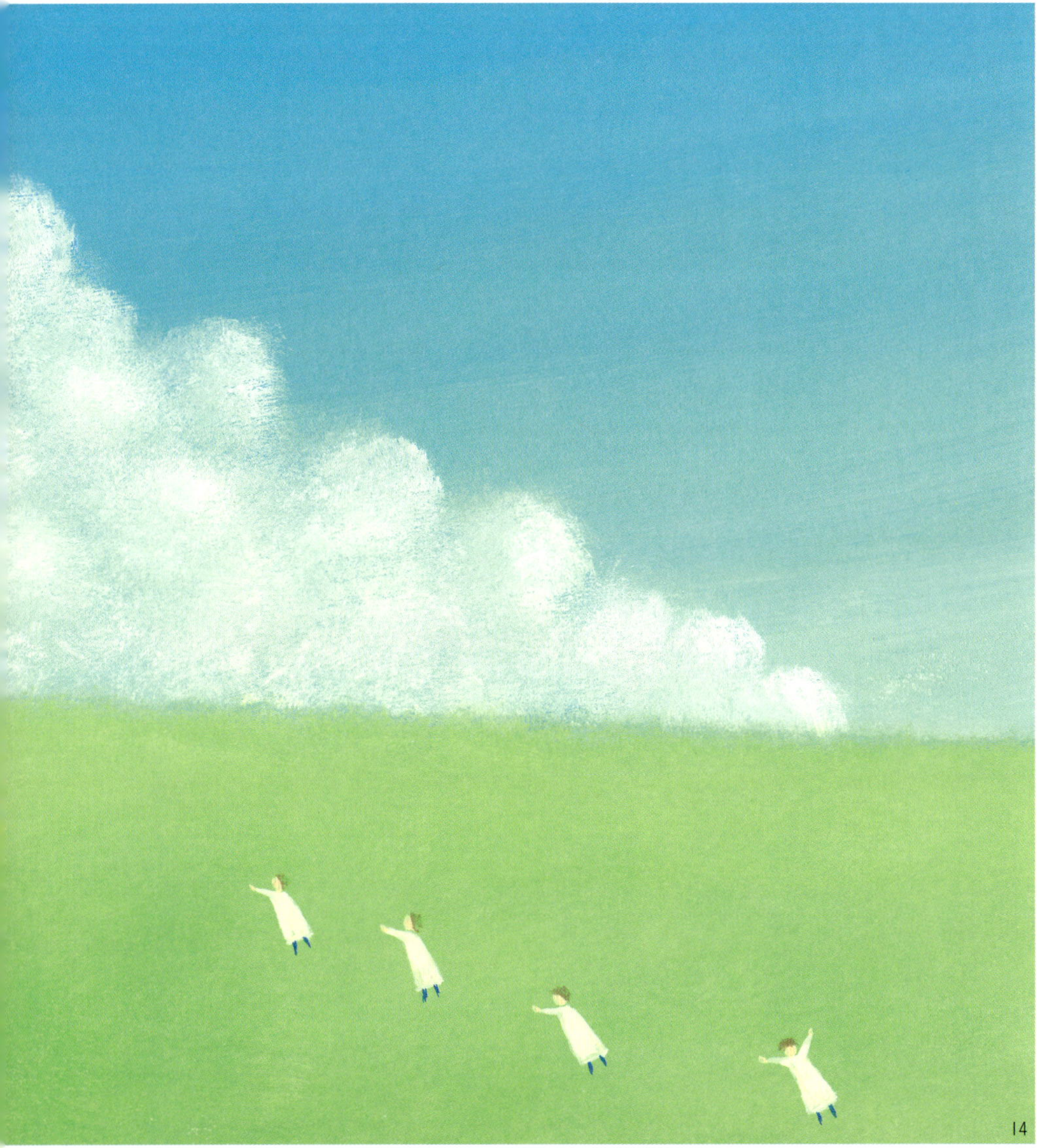

どんな人にも
他の人には言えないことがある

どんな人にも
自分では気づいていない面がある

だから　人は
互いに認め合い　許し合い
思いやる必要があるのです

あなたが
してあげたいこと
ではなく

相手が
してほしいことを
してあげなさい

それが思いやりです

それは相手の身になる
ということです

自分を無にしてこそ
はじめてできることです

人は決して
一人だけでは生きていけない
自分のためだけに
生きているのでもない

人は皆、
誰かのために
生きている
誰かのおかげで
生きている

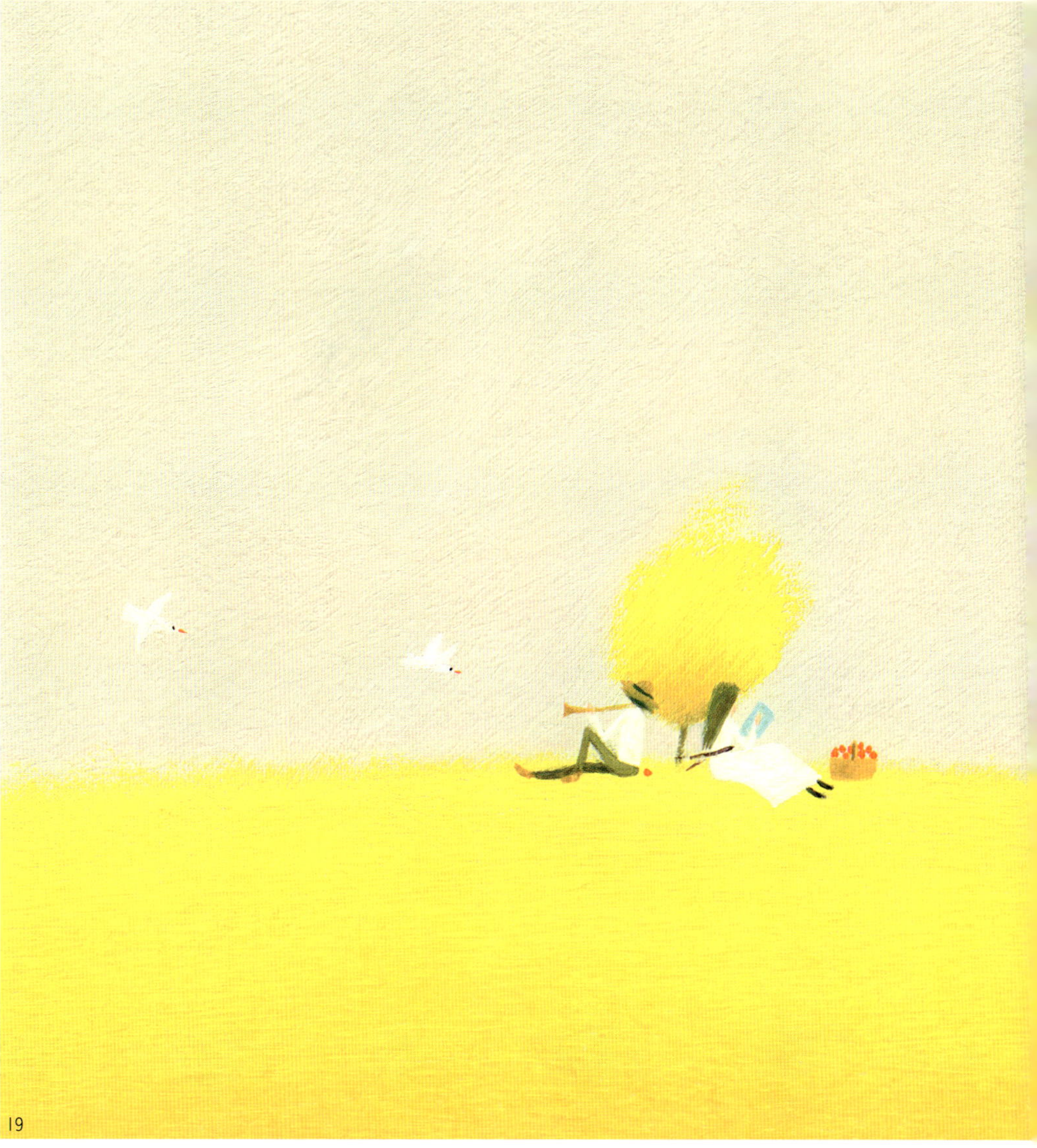

いつでも
どんな時にでも
自分のことより
他の人のことを
まず第一に考える
そんな人がいます
わたしも
そうありたい

第２章

幸福

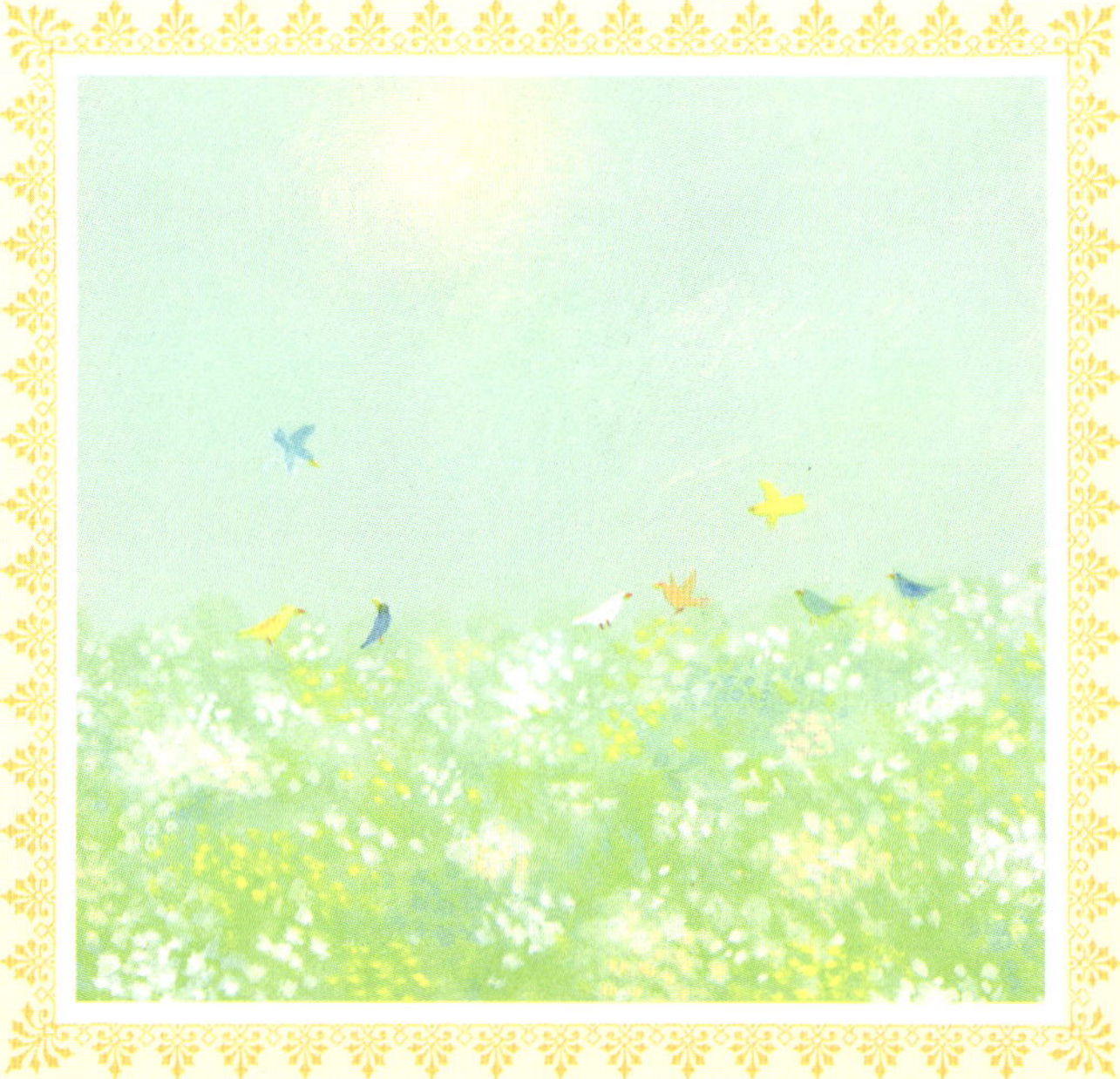

美しいものを見た時
良い香りをかいだ時

美味しいものを
食べたり飲んだりした時

静けさの中で寛いだ時
優しい気持ちになれた時…

それこそが幸せ！

人が幸せを感じるには
何も特別なものは要らない

生きて、今、ここに在ること
そのこと自体が、幸せなこと！

とりわけ辛い出来事の後には
なんでもないことにさえ
喜びが感じられる

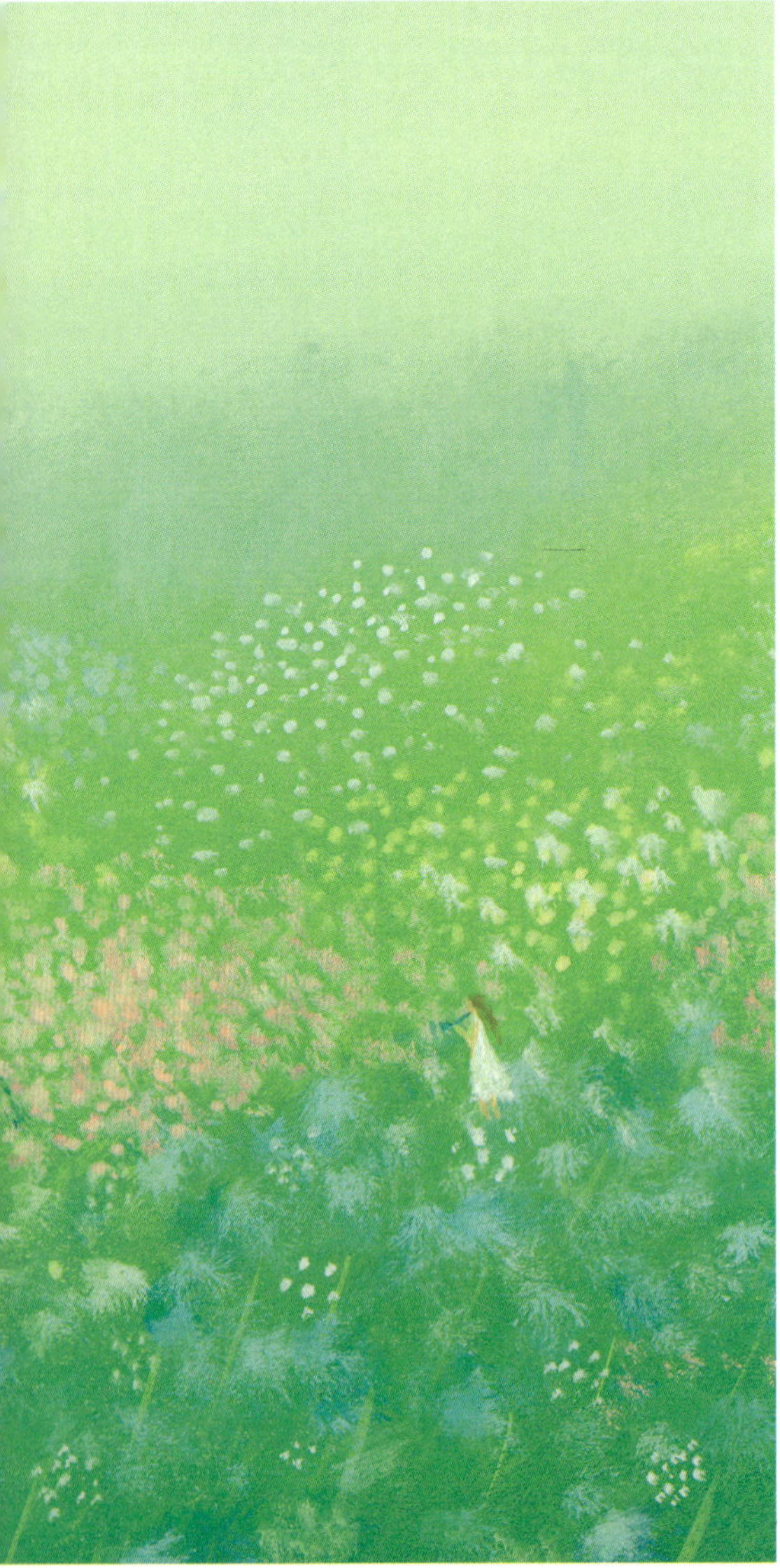

あなたが
幸せになれば
世界にひとつ
幸せが増え

あなたが微笑めば
世界にひとつ
微笑みが広がる

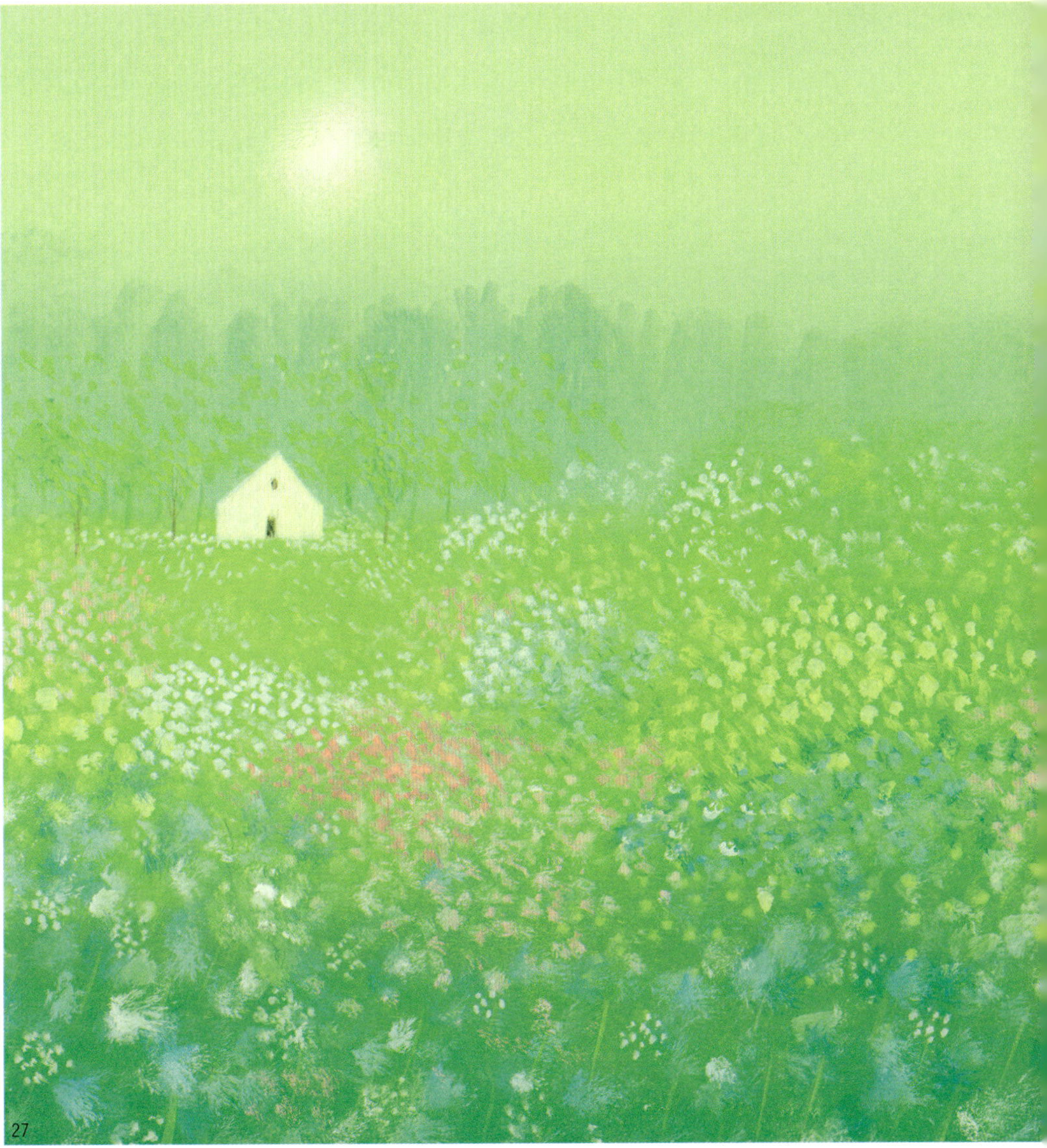

信じるってことが
大切なんだ

この世界や人生を
信じることができれば

人は、
どんな苦しみにも
耐えることが出来る

何故なら

最後には全てが
良くなる
ということだから

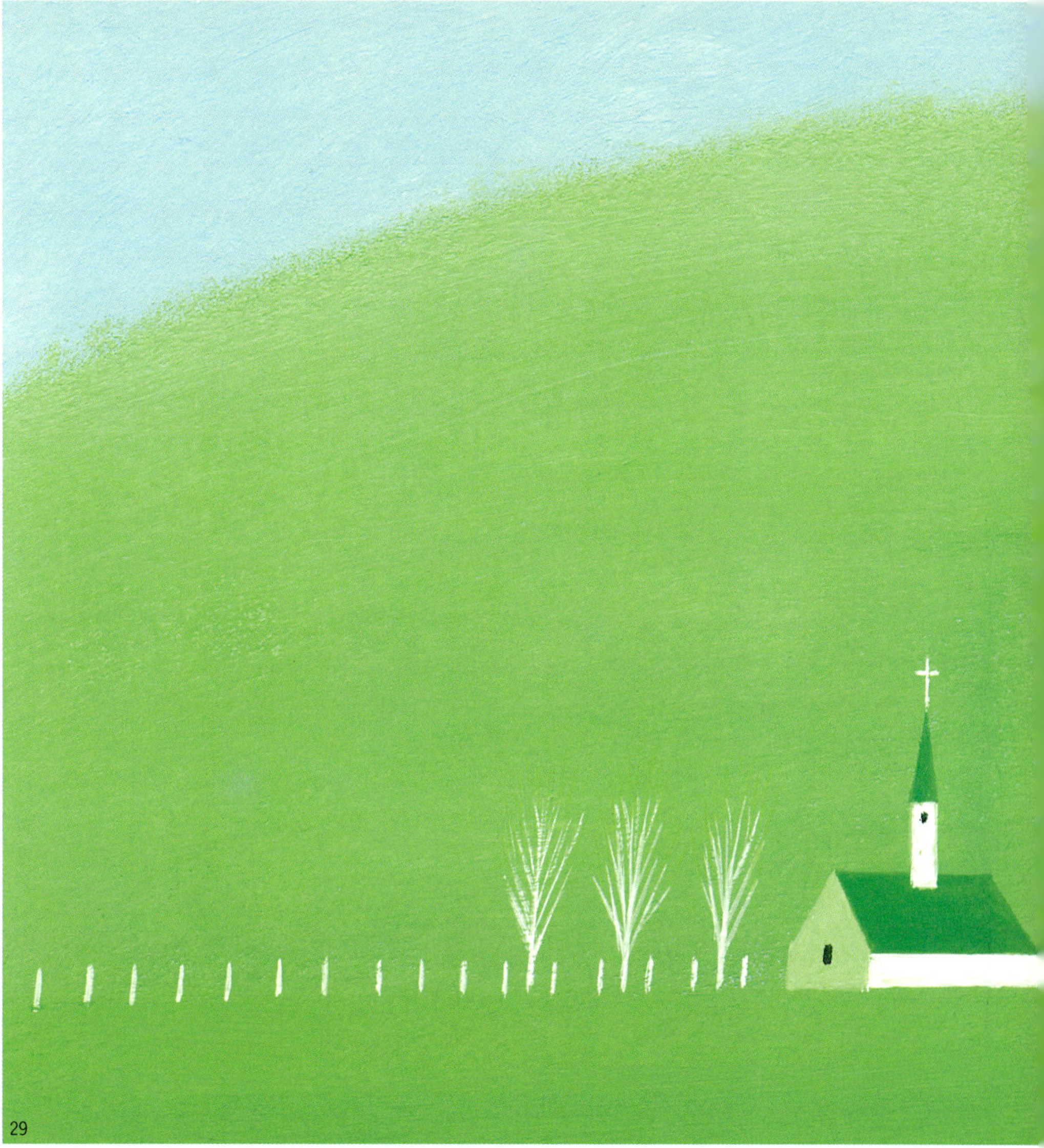

うつむいていないで
もう少し頭を上げて
遠くを見てごらんなさい

あれが、あなたの
夢や理想

いつの日かあなたが向かうべき
未来です

記憶は
必要なこと、嬉しいこと
楽しいこと、明るいことだけに
しておきなさい

そして新たな出来事のための
心のスペースを
大きくあけておきなさい

人に負けてもいい
皆に遅れてもいい
うまく出来なくてもいい
誰とも競う必要はない
いつでも何でも
皆と同じでなくてもいい
あなたの心が求めるものに
素直に従えばいい
それがあなたには
一番、いい！

感謝は
人間の持っている
最高の感情のひとつです

感謝すれば
怒りも悲しみも
不満も
全部消えて

人は必ず
幸せになれます！

もっとゆっくり
してごらん
そんなに
急がなくても
大丈夫！

少しぐらい
遅くなっても
今、このひと時を
大切にするんだよ！

謙虚になり過ぎると
卑屈になります
自信を持ち過ぎると
傲慢になります

いつも、
さり気なく
ただ在るように
在りなさい

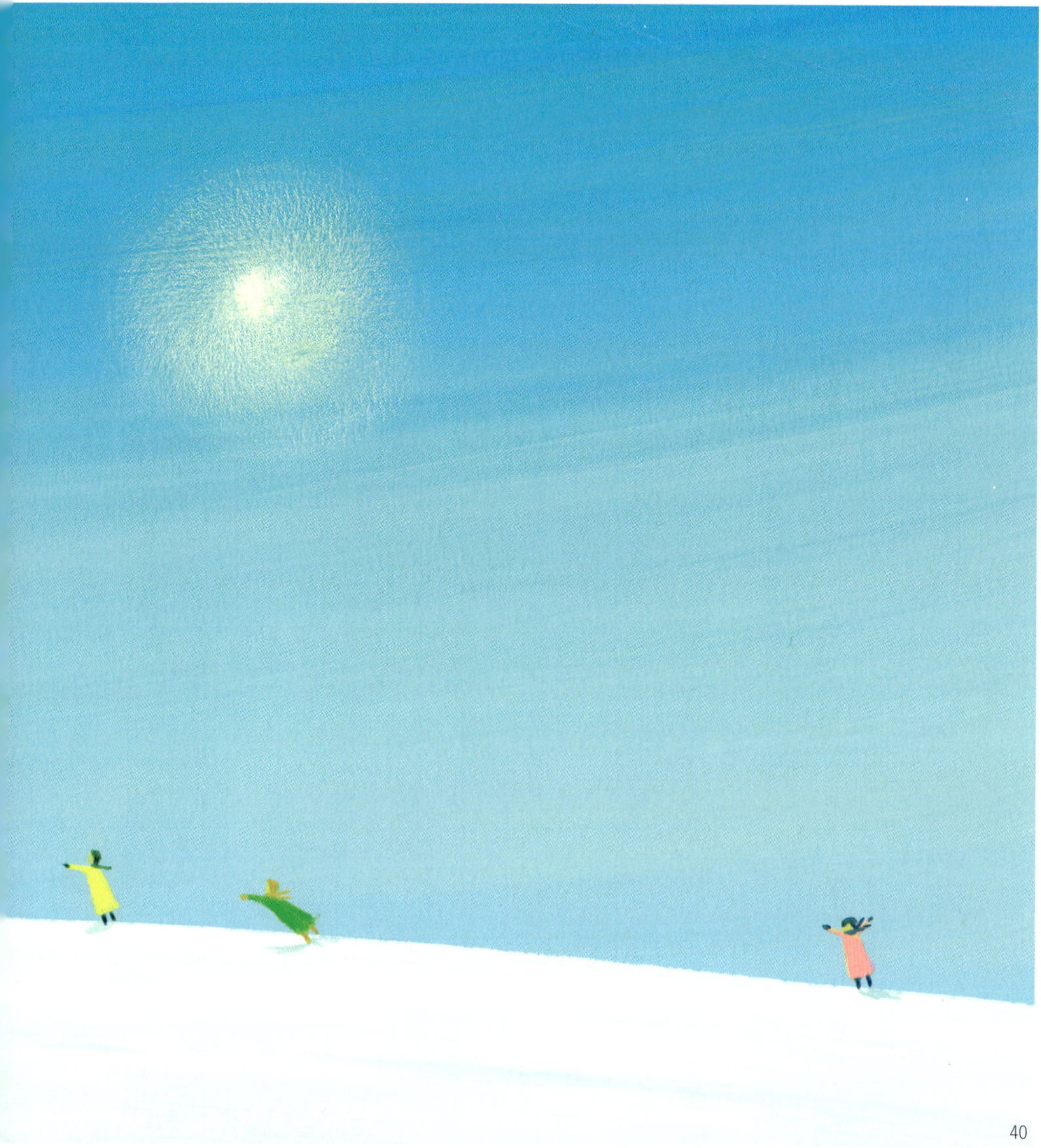

朝、になれば
昨日は消える

昨日あったこと
辛いことも
悲しいことも
もうここにはない

第3章

命

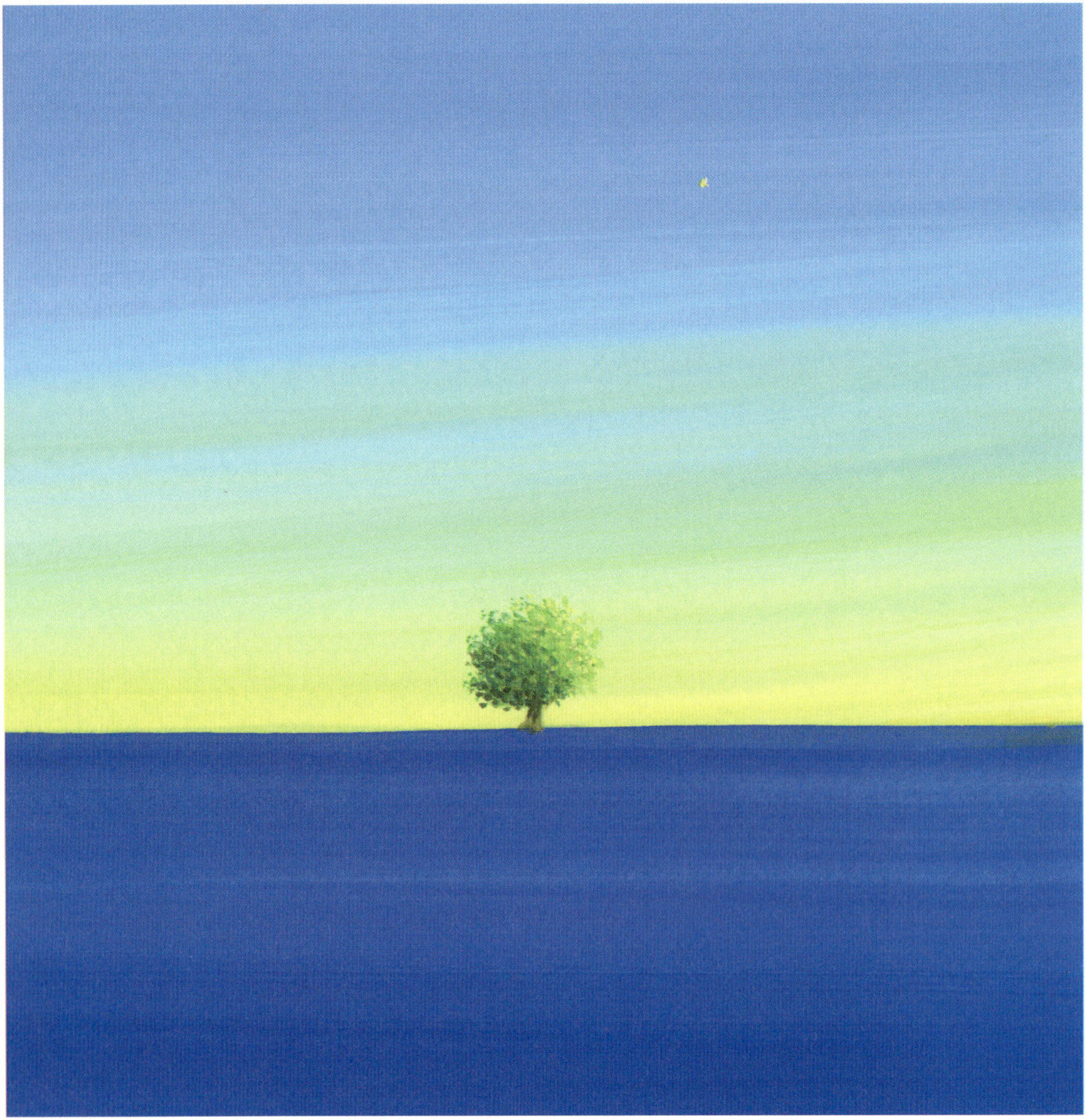

あなたが
今やっている仕事は
決して
お金のためだけのものではありません

あなたは
その仕事を通して
人々や社会へ
奉仕しているのです

その心がけが
あなたの仕事に
生命《いのち》を吹き込むのです

朝が来て
一日が始まる
この一日は
かけがえのない
大切な日
そう思って
この一日を
過ごしなさい

この世界は
たったひとつではありません
あなたが思っている世界は
あなたが感じている世界でしかありません
この世を
天国とするか地獄とするかは
あなた次第です

どう生きるべきかを
考えるよりも
どう生きたいかを
考えなさい

その方が
楽しい日々が送れるし
結局は
善い人生になります

奇跡を信じますか？
あなたがこの世に生まれ
こうしてここにいる
これが奇跡です

あなた自身が
奇跡の証明です

人はいつかこの世を去る
愛する者も
いずれは別れゆく

だから
別れそのものを
恐れ悲しむのではなく
今、共に生きていることを歓び
全力を傾けて愛しなさい！

泣いてもいいんだよ
叫んでもいいんだよ

怒りや悲しみを
内に溜めこむより
余程いい

それは人が
生き延びるために
必要なことなんだから

人生で一番大切なのは
自分らしく
ひたむきに生きることです

そして
自分のためばかりでなく
喜んで
他の人のために生きることです

それが
人生の意味です

寄り道をしても
いいんだよ！

真っすぐな広い道を
皆と一緒に無理して
急いで駆けてゆくことは
ないんだよ

君は君らしく
自分だけの道を
ゆっくり歩いていけば
いいんだ

あなたは
今ここに
生きています

過去は過ぎ去り
未来はまだ来ていません
今を、生きなさい
今やるべきことをやり、
今やりたいことをやり、
今を、十分に楽しみなさい

あとがき

人生って何だろう
生きるってどういうことだろう
普段は日々の生活に紛れて
忘れているけれど
一人静かにいる時
苦しい時　辛い時
淋しい時　悩む時
人はふと、人生のことを考える
すると、どこからか
力強い声が聞こえてくる
必要な言葉が浮かんでくる
人はその時
自分の内に秘めた力に自ら気づくのです

葉　祥明

葉 祥明（よう・しょうめい）
1946年7月7日、熊本市に生まれる。画家・詩人・絵本作家。
1990年、『風とひょう』（愛育社）でボローニャ国際児童図書展グラフィック賞受賞。主な著書に、『地雷ではなく花をください』（自由国民社）、『ありがとう 愛を！』（中央法規）、絵本『星の王子さま』（Jリサーチ出版）ほか多数。現在、介護情報誌『おはよう21』（中央法規）にて絵と詩を連載中。自身の美術館として神奈川県に「北鎌倉葉祥明美術館」、故郷である熊本県に「葉祥明阿蘇高原絵本美術館」がある。
https://www.yohshomei.com/

Life is…… 人生を彩る幸福のエッセンス

2018年9月10日　初　版　発　行
2023年2月　1　日　初版第4刷発行
絵・詩　葉 祥明
発行者　荘村明彦
発行所　中央法規出版株式会社
〒110-0016　東京都台東区台東3-29-1　中央法規ビル
Tel 03(6387)3196
https://www.chuohoki.co.jp/
ブックデザイン　岡本明
印刷・製本　図書印刷株式会社
ISBN 978-4-8058-5748-9

定価はカバーに表示してあります。落丁本・乱丁本はお取り替えいたします。

本書のコピー、スキャン、デジタル化等の無断複製は、著作権法上の例外を除き禁じられています。また、本書を代行業者等の第三者に依頼してコピー、スキャン、デジタル化することは、たとえ個人や家庭内での利用であっても著作権法違反です。

本書の内容に関するご質問については、下記URLから「お問い合わせフォーム」にご入力いただきますようお願いいたします。

https://www.chuohoki.co.jp/contact/

AR音声特典について

● AR(拡張現実)技術を利用しています

スマートフォンにARアプリ (COCOAR《ココアル》2) をダウンロードのうえ、起動して下記に指定するページの詩の部分を読み込むと、声優・細谷佳正さんによる朗読をお楽しみいただけます。

※特典は予告なく終了することがありますので、あらかじめご了承ください。

● ARアプリのダウンロードと使い方

① 無料アプリをダウンロード

Appstore/GooglePlay から「cocoar2」または「ココアル 2」と検索し、ダウンロードしてください。下記 QR コードからも検索いただけます。

COCOAR

IOS

AndroidOS

② アプリを起動して読み込む

COCOAR2 を起動して、下記の指定ページの詩の部分をスキャンしてください（右図参照）。

・朗読を聴くことができる(AR搭載)ページ

・p.6-7 ・p.8-9 ・p.10 ・p.11 ・p.14-15
・p.24-25 ・p.28-29 ・p.32-33 ・p.36-37
・p.38-39 ・p.44-45 ・p.50-51 ・p.52-53
・p.54 ・p.55

※ご利用のスマートフォンの機種によってはアプリが対応していない場合がございます。あらかじめご了承ください。

細谷佳正 (ほそや・よしまさ)

1982年2月10日生まれ、広島県出身。海外映画の吹き替えに多数出演。その後『テニスの王子様』シリーズの白石蔵ノ介役で注目を集める。代表作に、『進撃の巨人』『機動戦士ガンダム 鉄血のオルフェンズ』『メガロボクス』など。2016年日本アカデミー賞最優秀アニメーション作品賞『この世界の片隅に』では、主人公すずの夫・周作役を演じる。2014年に第8回、2016年に第10回声優アワード助演男優賞を受賞。

上記赤枠のように、詩の部分をアプリで読み込んでください。絵やページ全体を読み込んでも正しく認識されませんので、ご注意ください。